Ye

23395

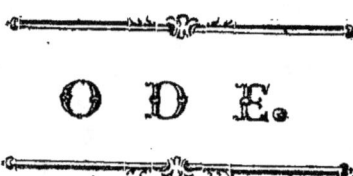

O D E.

LA GLOIRE

DE LA VERTU

ET

DE L'HYMEN,

ODE

A MONSIEUR

LE MARQUIS DE COSSÉ.

A PARIS,

DE L'IMPRIMERIE DE Ph. D. PIERRES,

Imprimeur ordinaire du Grand Conseil du Roi, & du Collége Royal de France,
rue Saint-Jacques.

M. DCC. LXXVI.

LA GLOIRE
DE LA VERTU
ET
DE L'HYMEN.

ODE.

CRÉATRICE des Arts, ô céleste Uranie!
Toi, qui foutins le vol de l'aigle d'Aufonie,
Infpire-moi des Vers dignes des demi-Dieux.
Je chante des Héros la haute deftinée,
     D'un illuftre Hyménée
     Le gage précieux.

Viens, pour ce grand effort, redouble mon haleine ;
Loin de l'œil des humains je volerai fans peine,
Sur l'aile de Pégafe, au fommet d'Hélicon.
J'entendrai les décrets de la troupe immortelle,
     Que Mercure révele
     Aux Enfans d'Apollon.

⋅◁※▷⋅

O prodige ! le Ciel ouvre fon Sanctuaire !
De fes ordres facrés le Dieu dépofitaire
Affemble tous les Dieux devant leur Souverain.
L'Univers étonné de ce nouveau fpectacle
     Se tait, attend l'oracle
     Qui régle fon Deftin.

⋅◁※▷⋅

Sur un trône d'azur, d'où s'épand la lumière,
S'affied le Roi des Dieux, l'Être caufe première ;
Il parle, & de fa voix l'Olympe retentit,
L'air en eft agité, la terre en eft troublée,
     Sous fa voûte ébranlée,
     Le Tartare en frémit.

« Compagne de mon Trône, immortelle Lucine,

» Que l'Hymen affocie à ma Gloire divine;

» Et vous, Dieux de ma Cour, vous, Mortels, écoutez:

» L'Homme a du faux honneur embraffé les menfonges,

  » Diffipons de fes fonges

  » Les folles vanités.

⟨⟨⟩⟩

» Envain les droits du Sang vous ceignent la Couronne,

» Rois, la feule Vertu doit s'affeoir fur le Trône;

» Seule pour ce haut rang elle obtiendra ma voix.

» Loin de moi ces Tyrans, dont l'orgueil fans mefure

  » Infulte la Nature,

  » Et rompt fes facrés droits.

⟨⟨⟩⟩

» J'aime un fage Mortel, qui, dans le rang fuprême,

» Commandant aux humains fe commande à lui-même;

» Qui relève & foutient le Sujet abattu.

» Je flétris ces lauriers, qu'Alexandre accumule;

  » Mais je couronne Hercule

  » Armé pour la Vertu.

A 4

O D E.

ˮ Tel j'ai conduit BOURBON, Héros, dont la vaillance

ˮ S'arma pour conquérir & conferver la France,

ˮ Et raffermit le Sceptre affoibli fous VALOIS.

ˮ Généreux, équitable, & fincere & fidele,

  ˮ C'eft le parfait modele

  ˮ Et la leçon des Rois.

·◂✨▸·

ˮ France, j'entends tes vœux ; un Prince de fa Race

ˮ S'affiéra fur les Lys, & pourfuivant fa trace,

ˮ Il te rappellera les jours de ton bonheur.

ˮ Conçois d'un heureux fort la riante efpérance ;

  ˮ La Paix & l'Abondance

  ˮ Sont le vœu de fon cœur.

·◂✨▸·

ˮ Cérès, ne craignez plus, en fécondant les plaines,

ˮ De voir d'avides mains envahir vos domaines,

ˮ Et receler vos dons par d'injuftes accords.

ˮ Tous vos Sujets contens, pour célébrer vos fêtes,

  ˮ Couronneront leurs têtes

  ˮ De vos riches tréfors.

O D E.

» Reine de la candeur, incorruptible Aftrée,

» Ramenez à fa Cour votre Sœur defirée.

» Fuyez, poifons des cœurs, flatteurs infidieux.

» Vérité, des cœurs droits chafte & fidele amante,

      » Votre grace innocente

      » Seule a charmé fes yeux.

» Vous, Colonnes du Trône, Agens de fa Puiffance,

» Chaffez la Calomnie, & vengez l'Innocence;

» A la Vertu timide ouvrez un libre accès :

» Animez les Talens, & terraffez l'Envie,

      » Monftre, qui du Génie

      » Dévore le fuccès.

» Tels on vit ces Héros, qui dans le miniftère,

» Ont fait, fous les BOURBONS, le bonheur de la Terre,

» Dont les noms font vainqueurs du tems & de l'oubli.

» La France confacrant leurs fublimes exemples,

      » Élevera des Temples

      » Aux Colbert, aux Sully.

ODE.

» Placés auprès de moi, Vous, que la France honore,

» Votre culte atteindra du Couchant à l'Aurore;

» La Vertu vous élève au rang des Immortels.

» Peuples, adreſſez-leur vos vœux & vos demandes,

   » Et portez vos offrandes,

   » Aux pieds de leurs Autels ».

Il dit : l'auguſte Cour de reſpect pénétrée,

Applaudit aux décrets de ſa bouche ſacrée;

Et les Rois proſternés adorent ſes arrêts.

L Terre à ſon aſpect ébranle ſes campagnes;

   Et ſes hautes montagnes

   Abaiſſent leurs ſommets.

Cependant de l'Olympe auguſte Souveraine,

Des Êtres immortels la Déeſſe & la Reine,

Déploie à leurs regards les charmes de ſes yeux.

Son front chaſte & ſerein, ſa beauté raviſſante

   Et ſa grace touchante,

   Embelliſſent les Cieux.

O D E.

A fon divin Époux, enchanté de l'entendre,

Elle s'adreffe ainfi d'un ton modefte & tendre :

« O Pere des Humains ! ô Roi des Immortels !

» Tous les Êtres foumis à votre Providence,

    » Adorent en filence

    » Vos décrets éternels.

            · ❧ ·

» Vous immortalifez la Vertu précieufe

» Des Mortels bienfaifans, dont l'ame généreufe

» Au bonheur des Humains confacra fes travaux.

» Il eft digne d'un Dieu, que fa gloire intéreffe

    » D'honorer la Sageffe

    » Qui fait les vrais Héros.

            · ❧ ·

» Le Courage guerrier conduit par la Prudence,

» De votre main, fans doute, attend fa récompenfe ;

» Alcide à fes exploits doit l'Immortalité.

» La France dans fon fein a nourri des Hercules

    » Magnanimes émules

    » De la Divinité.

O D E.

„ De ces fameux Brigands qui dévaſtoient la Terre,

„ Les VIGNACOURT cent fois ont bravé le Tonnerre,

„ Et de leurs fiers aſſauts ébranlé le Croiſſant.

„ A leur terrible Nom l'on voit frémir encore

     „ Du ſervile Boſphore

     „ Le barbare habitant.

⊷✻⊶

„ Les ſommets ſourcilleux des altiers Pyrénées,

„ Et de l'Ebre éperdu les Nymphes conſternées,

„ Ont vu l'ardent *COSSÉ* foudroyer les remparts,

„ Rompre des eſcadrons les barrières ſanglantes,

     „ Sur leurs tours chancelantes

     „ Planter ſes étendarts.

⊷✻⊶

„ Triomphateur modeſte au ſein de la victoire,

„ Il vient faire à ſon Roi l'hommage de ſa gloire,

„ Et rentre, ſans orgueil, au rang de Citoyen.

„ Il inſpire à ſes Fils de chérir la Patrie,

     „ Et d'immoler leur vie,

     „ Pour ſa gloire & ſon bien.

,, Dieu puiſſant, ces Héros.... Vous aimez votre ouvrage,

,, C'eſt aſſez. Le mérite eſt ſûr de ſon partage.

,, Cependant VIGNACOURT voit éteindre ſon Nom.

,, Saturne, dont la faulx n'a jamais fait de grace,

>> ,, Tranchera de ſa Race

>> ,, L'unique Rejetton.

⋅◦✕◦⋅

,, Sauvez-le de ſes coups. De ſon illuſtre Fille,

,, Faiſons ſortir des fruits dignes de ſa Famille;

,, Uniſſons par l'Hymen *VIGNACOURT* & *COSSÉ.*

,, Venez, Héros, voyez: le Ciel vous récompenſe

>> ,, Du ſang que pour la France

>> ,, Votre amour a verſé ,,.

⋅◦✕◦⋅

Elle dit: Son Époux pénétré de ſes charmes,

Se rend à ſes deſirs, diſſipe ſes alarmes.

Ces Héros triomphans dans le Ciel ſont admis.

Mercure leur fait voir l'illuſtre deſtinée

>> Du gage d'Hyménée

>> A leurs Neveux promis.

L'héroïfme d'ALOF étincelle en fon âme.
CHARLES, dont la valeur & l'anime & l'enflâme,
Voit dans ce Rejetton l'appui, l'honneur des Lys.
Au milieu du tranfport qui l'agite, il s'écrie :
    O mon Roi! ma Patrie!
    Voilà, voilà mon Fils.

Ainfi, fuivant la loi du Deftin qui l'ordonne,
Unie au Roi des Dieux, vertueufe Latone,
De votre Hymen naquît l'immortel Apollon.
Votre amoureux Époux, non moins fenfible Père,
    Applaudit à la Mère
    Du Dieu de l'Hélicon.

Au même inftant l'Hymen envoyé par Lucine,
Defcend d'un vol léger vers la chafte Héroïne;
Telle Iris fend les airs fur fon arc radieux.
Et, prenant de COSSÉ la taille & le vifage,
    Il offre fon hommage
    A la Fille des Dieux.

Avec lui des Vertus le cortége célefte,

La timide Pudeur, & la Candeur modefte,

Retiennent le defir par leurs traits combattu.

Mais le Dieu du myftere aux cœurs fe fait entendre,

    Et d'un œil vif & tendre

    Sourit à la Vertu.

Triomphe, Hymen : le Ciel vient de combler ta gloire,

Le gage qu'il te donne, Enfant de la victoire,

Par fes hautes Vertus atteindra fes Aïeux.

Tel Alcide vainqueur des Monftres de la Terre,

    Au-deffus du Tonnerre

    S'affied au rang des Dieux.

F I N.

Lu, & approuvé, ce 1er Mars 1776. CRÉBILLON.

Vu l'Approbation, permis d'imprimer, ce 2 Mars 1776.
    ALBERT.